DATE DUE 8-07

JUN 3 0 2007		
NOV 2 7 2009		
	WITHDRAWN OCCTPL	
GAYLORD		PRINTED IN U.S.A.

Los osos Berenstain al rescate de la Navidad

Los osos Berenstain al rescate de la Navidad

Stan & Jan Berenstain
con Mike Berenstain

rayo

HARPERCOLLINS*PUBLISHERS*

Rayo is an imprint of HarperCollins Publishers. Los osos Berenstain al rescate de la Navidad
Copyright © 2003 by Berenstain Bears, Inc.   Translation by Yanitzia Canetti   Translation copyright © 2005 by HarperCollins Publishers   Manufactured in China.
Library of Congress Cataloging-in-Publication Data   Berenstain, Stan.   The Berenstain bears save Christmas / Stan & Jan Berenstain ; with Mike Berenstain.   p.   cm.
Summary: Thinking that the spirit of Christmas has been lost, Santa Bear disappears, until the Berenstain Bears show him that it still exists.
ISBN-10: 0-06-052670-X — ISBN-10: 0-06-052671-8 (lib. bdg.) — ISBN-10: 0-06-082859-5 (pbk.)
ISBN-13: 978-0-06-052670-2 — ISBN-13: 978-0-06-052671-9 (lib. bdg.) — ISBN-13: 978-0-06-082859-2 (pbk.)
Typography by Christopher Stengel
❖

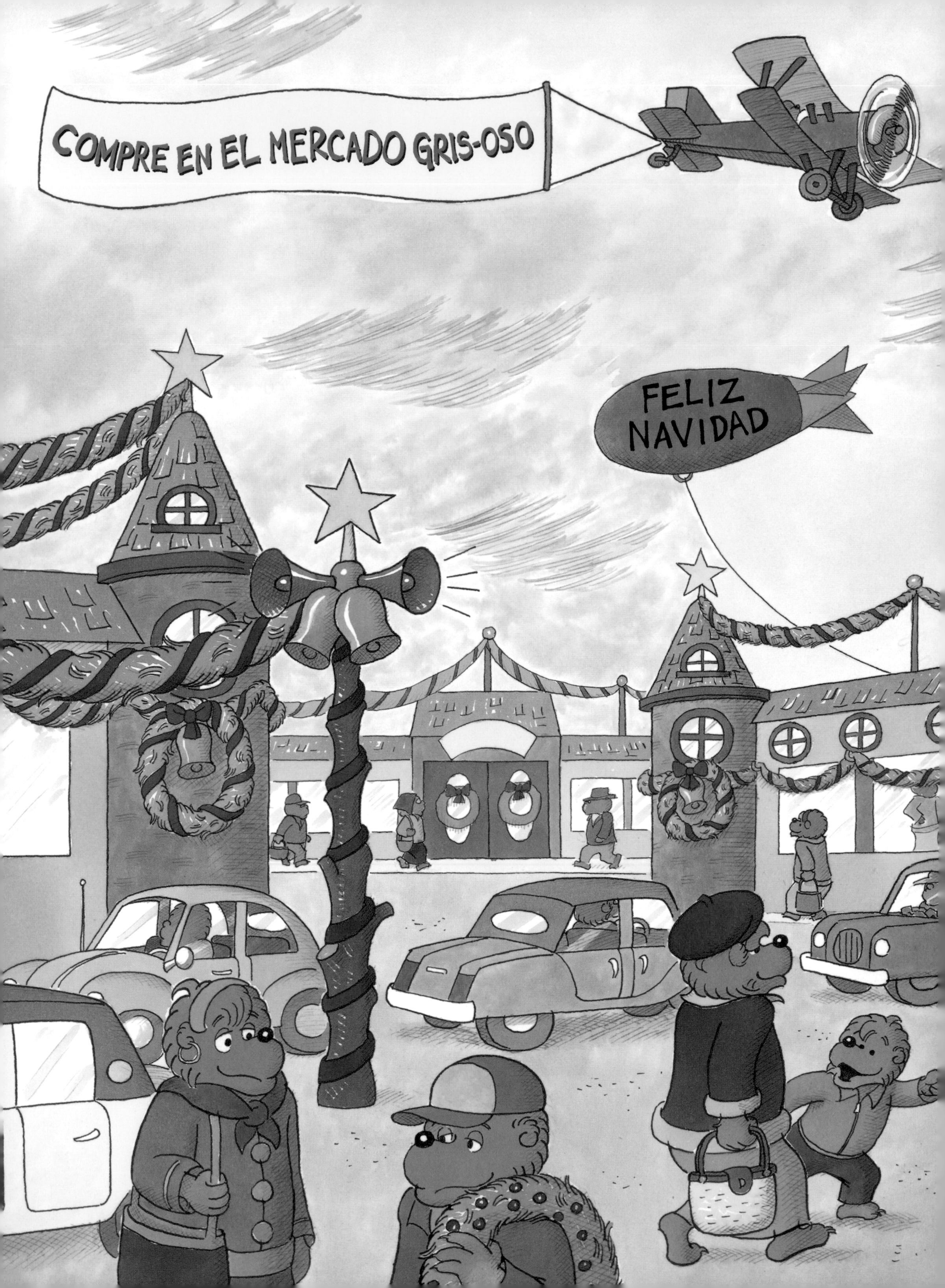
COMPRE EN EL MERCADO GRIS-OSO
FELIZ NAVIDAD

Era el mes antes de la Navidad,
y por todo el mercado,
el tráfico de la pre-Navidad
era lento y complicado.
Las tiendas vendían,
las bocinas pitaban,
los compradores corrían,
pa'llá y pa'cá ajetreaban.

Hasta las familias que vivían
por la soleada vereda enfangada
(para saber dónde queda
pregúntale al sapo o a la ardilla rayada)
y que solían estar calmados
los días de celebración,
estaban alborotados . . .
¡locos en esta ocasión!

Mamá Osa echaba de menos
las Navidades del pasado,
cuando todo lo que hacía falta
era un arbolito decorado.
En aquel tiempo, la Navidad
era sólo para darse amor,
era para que las familias
compartieran más y mejor.

Pero la Navidad, tal parecía,
ya no significaba amor jamás.
Ahora la Navidad significaba
¡a ver quién empuja más!
¡A ver quién pelea más
por el último juguete del estante!
¡A ver quién desconfía más
del buen amigo de antes!

Pero cierto observador miraba
aquella escena espantosa,
siguiendo de cerca la Navidad
desde su pantalla poderosa.
¿Y quién era aquel observador,
te escuché preguntar?
¡Pues la persona que de la Navidad
se tiene que encargar!

Era Santa en persona
quien veía este desastre.
¿Y qué es lo que pensaba?
Tal vez ya lo adivinaste.
Lo que ocurría en la Navidad,
cobraba mayor tamaño,
¡y hacía que el viejo Santa
se volviera un *tacaño*!

Santa, al igual que Mamá,
añoraba las Navidades del pasado
cuando viajaba en la noche,
bajo un frío exagerado,
en su mágico trineo
de juguetes atestado
para los ositos y ositas
que muy bien se habían portado.
Pero todo había cambiado
y no por algo mejor.
Las cartas de cada osito
que leía con ilusión,
ahora eran correos electrónicos
que leía con decepción,
pues pedían muchos juguetes
sin consideración.

Santa:
Tráeme —

QUERIDO
SANTA,
Me gustaría
tener una
muñeca y
unos patines.
Cariños,
Suzie

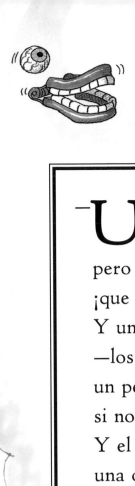

—Un osito quiere un videojuego,
y detesto comentarlo,
pero es un juego tan complicado
¡que es más fácil no jugarlo!
Y uno pide algo peor
—los ositos debieran evitarlo—
un perro virtual que muerde
si no logras alimentarlo.
Y el peor de los casos:
una osita encaprichada
en una innovación muy fina,
una miniatura llamada
Caca-Caquita Canina,
con un aditamento extra
de alta tecnología,
un recogedor de deshechos
operado por super baterías.

Santa Oso estaba enojado,
y gritó furioso y malhumorado:
—¡Si las cosas no cambian enseguida
la Navidad quedará suspendida!
Y deprimido y desanimado,
se acostó con gran tristeza,
apagó todas las luces
y se cubrió la cabeza.

Mientras tanto, en la calle de la familia Oso,
se ponía mucho peor la cosa.
La Navidad se había convertido
¡en una competencia horrorosa!
Nunca has visto semejante exposición
de luces intermitentes en los portales,
ni tan ruidosa y grotesca exhibición
de antinavideños sonidos y señales:

Grandes Santas de plástico,
¡Jo jo jo! reían a carcajadas,
y envuelta una casa estaba
con una cinta rosada,
bastones de azúcar gigantes
que hasta el cielo llegaban,
y altavoces vociferando villancicos
mientras la gente pasaba.

La nariz roja de Rudolph se avergonzaría
al ver las rojas narices de los renos.
Los osos, uno a uno, caían
en la trampa con desenfreno.
Todos estaban tratando
de armar la mayor algarabía.
Todos estaban tratando
de convertir la noche en día.

MI LISTA HERMANA
1. una Barbie-Osa
2. bici de 10 velocidades
3. casita de muñeca
4. peluche parlanchín
5. videojuego
6. Slinky gigante
7. palo saltadorín
8. dispensador de chicles
9. TV portátil
10. equipo de sonido
11. maquillaje
12. raqueta de tenis
13. palo de hockey
14. Sr. Cabeza de Papa
15. juego de cuentas
16. artículos de arte
17. walkie-talkie
18. animalitos
19. jueg...
20....

MI LISTA HERMANO
1. videocámara
2. guitarra
3. tren eléctrico
4. avioncito
5. superhéroes en miniatura
6. lector de CD
7. casco de fútbol americano
8. patines de ruedas
9. guante de béisbol
10. pelota de baloncesto
11. patineta
12. juego de Monopoly
13. juego de magia
14. carro con control remoto
15. juego de dinosaurios
16. computadora
17. quemador de CD
izador
la

Los ositos también estaban atrapados
en este furor tan desagradable.
Sus listas de deseos navideños
llenaban páginas interminables.
Mamá Osa hizo hasta lo imposible
por sacar a Pa de aquella locura.
Ella le suplicó: —Por favor,
detente un momento y piensa con cordura.
Pero Papá, al igual que los ositos,
ya había llegado demasiado lejos.
¡No había duda que la avaricia
estropearía la Navidad y sus festejos!

A doña Santa le encantaba la Navidad
tanto como a su esposo.
A ella le gustaba, sobre todo,
el catálogo de Hogar Primor Oso.
Pero ella también pensaba
que la Navidad se había descontrolado
y que la avaricia navideña
se había esparcido por todos lados.

¡Jo Jo Jo!

La Navidad la tenía preocupada,
pero mucho más su esposo.
Un té caliente y galletitas horneadas
por lo general lo levantaba animoso.
¡Pero Santa Oso se había ido!
En la cama, sólo una nota había.
Estaba fija a la almohada,
y esto era lo que decía:

Asunto: ¡Se cancela la Navidad!
Querida y adorable esposa:
La Navidad le da a mi vida un sentido,
pero te digo una cosa:
el espíritu verdadero de la Navidad
está perdido.
Me he ido para encontrarlo.
Yo buscaré hasta lograrlo.
Pero es mucho más importante
que vuelva a ser como antes.

Tu esposo cariñoso

¿ HA VISTO USTED A ESTE VIEJITO FIESTERO?

¡DESAPARECIDO!

AL AIRE

DON FRANCISCOSO

Y claro, la desaparición de Santa
salió en todos los noticieros.
La gente se reunía frente a la tele
de primeros, de segundos, de terceros.
Llamaban a todos los programas
y decían: —¡Qué lamentable!
Pero ningún oso pensaba
ni se sentía responsable.

Mamá Osa ya lo suponía.
—¡Claro que Santa ha renunciado!
Y por todo lo ocurrido,
¡quién no estaría avergonzado!
Opacamos a las estrellas
con luces que gastaban electricidad.
Perdimos el espíritu navideño
y las cosas que valen de verdad.

Los osos sabían, en lo más hondo del corazón,
que Mamá Osa tenía toda la razón
y que todos tenían responsabilidad
por convertir en algo triste la Navidad.
Los ositos entendieron el mensaje,
y Papá Oso también lo pudo entender.
Pero lo hecho, hecho estaba,
¿y ahora qué podrían hacer?

—Bueno, —dijo Mamá Osa—
podemos ser ejemplo para la gente.
Creo que unas pocas luces en la puerta
serán más que suficiente.
Papá y los ositos notaron
su gran equivocación,
y se apresuraron a quitar
la exagerada exhibición.
Pero Santa seguía desaparecido,
cuando ya no había nada que hacer.
La oportunidad de rescatar la Navidad
parecía que se iba a perder.

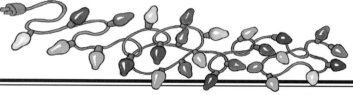

Pero Santa tenía un plan,
y se mantenía despierto.
El destino de la Navidad
todavía era incierto.
Así que fue a ver a los osos
bien disfrazado y cubierto.
Y viajó sin su trineo
para no ser descubierto.

Con gorrita y con chaqueta,
a lo largo y ancho viajó.
Buscando el espíritu navideño,
por el campo se adentró.
Él seguía buscando;
sin darse por vencido.
Mmm, este lugar le parecía conocido.
¡En su telescopio había aparecido!
Santa miró a las estrellas
que en el cielo brillaban.
Al apagarse las luces de abajo,
las luces de arriba destacaban.
Bueno, es un buen comienzo,
pensó Santa sonriente.
Tal vez mi larga y solitaria búsqueda
valdrá la pena finalmente.

Pero Santa necesitaba más que lucecitas
palumbrando suavemente.
Quería que el verdadero espíritu navideño
regresará nuevamente.
Santa aún estaba preocupado.
¿Qué pasaría con la Navidad ahora?
Entonces él miró su reloj
que mostraba la fecha, el día y la hora.
Muy asustado, un grito pegó:
¡La Navidad no tarda en llegar!
¿Habrá tiempo suficiente
para lograrla rescatar?

Santa sabía perfectamente
que pronto iba a nevar.
Lo sentía en su pie izquierdo,
en el dedo pulgar.
Mas pronto empezó a caer
una tremenda nevada.
Remolinos azotaban
en la blanca noche helada.
El aire se cristalizó
hasta el mismísimo cielo.
El aire parecía lleno
de luciérnagas de hielo.

Y justo en ese momento,
vio allá en la lejanía,
bajo ráfagas de viento,
que una luz resplandecía.
A pesar de los vientos de nieve fría,
él pudo ver claramente,
que la luz que vio antes venía
del árbol de los Oso justamente.
Era la mismísima familia Oso
que en su telescopio había divisado.
Era la mismísima familia Oso
que tanto lo había esperanzado.

Entonces la puerta se abrió
y Papá Oso hizo una salida.
Hacia el frío terrible avanzó
desde su tibia y acogedora guarida.
Por la profunda nieve acumulada,
él anduvo valientemente,
aunque a 86 grados bajo cero
se sintiera el ambiente.

Papá llevaba una taza con semillas,
y una guirnalda navideña chiquita.
Y con los dientes tiritando de frío,
acudió con gran esfuezo a una cita.
Había salido para alimentar
a un pajarito chiquitito
que tenía hambre y se helaba
en su casita de pajarito.
Pa puso la taza bajo el alero
y la guirnalda colgó,
bajo hojas cargadas de nieve
a salvo todo quedó.

Santa le dijo a Papá:
—¡Qué gesto tan lindo acabas de tener!
—Ni tanto —dijo Papá—.
También los pajaritos tienen que comer.
Y si no es molestia, te quiero preguntar:
¿Con quién tengo el gusto de hablar?
—Ahh . . . me llamo . . . Pepe —dijo Santa—,
un extranjero de paso por este lugar.
—Bueno, seas quien seas —dijo Papá—,
este clima no es bueno ni para un oso polar.
Así que pasa y caliéntate
que aunque no ofrezco un manjar,
el chocolate navideño de Mamá
realmente te va a encantar.
Y si te quedas para la cena,
¡qué gusto nos vas a dar!

Así que Santa Oso y Papá Oso
se refugiaron del frío y lo nevado.
Y entonces Santa vio la Navidad
tal y como era en el pasado.
Había un arbolito fresco,
estrellas de papel en las ventanillas.
Y por toda la sala,
cadenetas de papel sencillas.
La búsqueda de Santa había terminado,
Y su espíritu estaba más que emocionado.
Santa Oso estaba más que complacido.
¡Estaba regocijado!

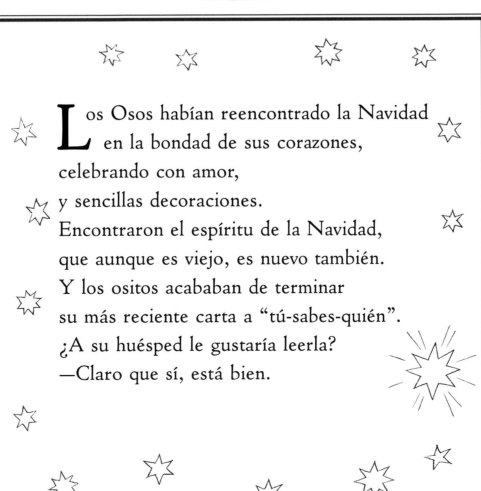

Los Osos habían reencontrado la Navidad
en la bondad de sus corazones,
celebrando con amor,
y sencillas decoraciones.
Encontraron el espíritu de la Navidad,
que aunque es viejo, es nuevo también.
Y los ositos acababan de terminar
su más reciente carta a "tú-sabes-quién".
¿A su huésped le gustaría leerla?
—Claro que sí, está bien.

Se puso rápido sus espejuelos,
y aquella nota breve leyó Santa.
Mientras leía se le hacía
un gran nudo en la garganta.
La carta no le pedía
regalos caprichosos y vanos.
La tarea de escoger sus regalos
la dejaban en sus manos.

Pedían regalos para los demás:
    al gato de doña McGrizz, un ratón de madera,
y para doña McGrizz, una planta verdadera,
y para Bill, el cartero, un bonito sombrero,
y algo útil para Gus Gris-Oso,
que se cayó de una escalera.
Y para ellos mismos —como les dije—
lo que Santa escogiera.
Lentamente, en la cara del viejo Santa,
una gran sonrisa comenzó a brillar.
Sí, el verdadero espíritu de la Navidad
estaba vivo en aquel cálido lugar.

Después de cenar, Pa miró afuera:
—Ya no nieva tanto —dijo entusiasmado.
Así que salieron de su casa,
y se fueron por un camino nevado.
La noche era fría y hermosa,
la nieve aún caía suavemente,
la familia Oso y su huésped
visitaban a la gente.
Intercambiaban regalitos
y platillos recién hechos
y deseos de Feliz Navidad
que latían dentro del pecho.

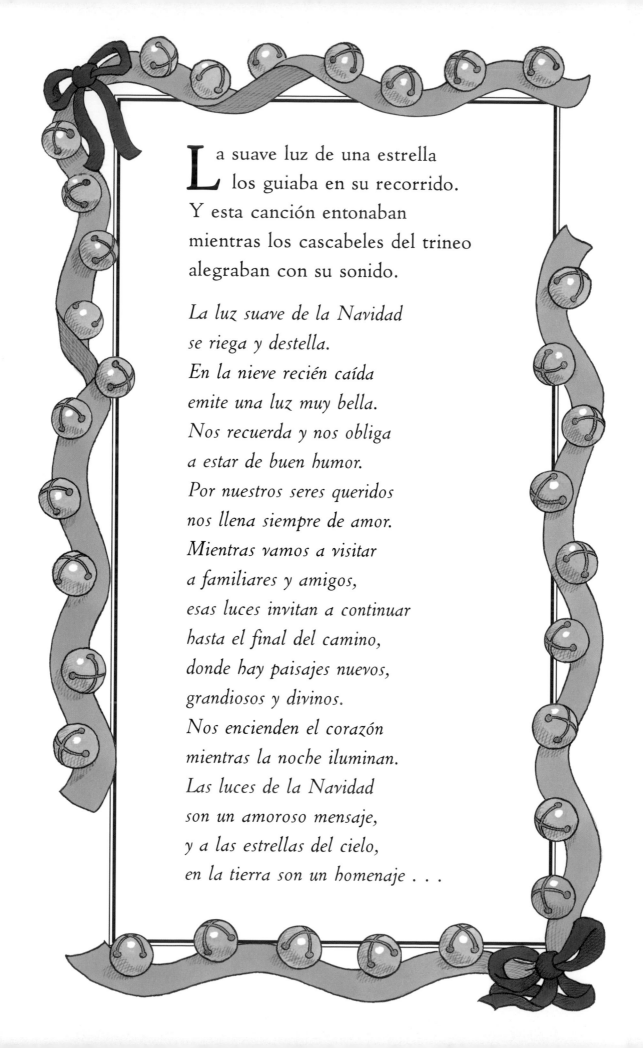

La suave luz de una estrella
los guiaba en su recorrido.
Y esta canción entonaban
mientras los cascabeles del trineo
alegraban con su sonido.

La luz suave de la Navidad
se riega y destella.
En la nieve recién caída
emite una luz muy bella.
Nos recuerda y nos obliga
a estar de buen humor.
Por nuestros seres queridos
nos llena siempre de amor.
Mientras vamos a visitar
a familiares y amigos,
esas luces invitan a continuar
hasta el final del camino,
donde hay paisajes nuevos,
grandiosos y divinos.
Nos encienden el corazón
mientras la noche iluminan.
Las luces de la Navidad
son un amoroso mensaje,
y a las estrellas del cielo,
en la tierra son un homenaje . . .

—Gracias por el paseo. Ya me tengo que ir.
—el viejo Santa Oso se tuvo que despedir—.
Aquí me pueden dejar,
yo me estoy quedando allí.
Y con un brillo en los ojos
les dijo adiós al partir.
Como por arte de magia,
hacia el cielo se elevó
Y desde arriba, el viejo Santa
les gritó:
—¡La Navidad vine a buscar!
Y el verdadero espíritu navideño
por fin logré encontrar.
Ahora, si me perdonan,
yo tengo que trabajar.

¡Feliz Navidad!